I0548543

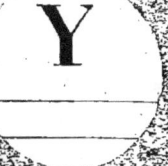

Y

26043

y2

DEUIL ÉTERNEL

OU

REPROCHES A LA MORT.

AUX MANES DU GÉNÉRAL FOY,

DÉDIÉ

A MESSIEURS LES DÉPUTÉS DE LA CHAMBRE OU IL SIÉGEAIT,
ET AUX SOUSCRIPTEURS DE SA FAMILLE ;

PAR

M. Léger le Hivernois, ancien Officier.

> Si j'ai pris un peu tard ma lyre
> Pour célébrer l'illustre FOY,
> Je l'avoûrai, dans mon délire,
> Je disais à la mort : cruelle, rends-le moi!...

ARMES DE 1826.

(1re ANNÉE.)

PARIS,

SANSON, LIBRAIRE, PALAIS-ROYAL;
GALERIE DE BOIS, N° 250;

HAUTECŒUR-MARTINET, LIBRAIRE,
RUE DU COQ SAINT-HONORÉ ;

A L'ENTREPOT CENTRAL DE LA LIBRAIRIE,
CHEZ TOUQUET et Ce., GALERIE VIVIENNE ;

A BRUXELLES, ET DANS TOUS LES PAYS ÉTRANGERS,
CHEZ LES PRINCIPAUX LIBRAIRES.

—

1826.

DE L'IMPRIMERIE D'A. BÉRAUD,
Rue du Foin-Saint-Jacques, n°. 9

DEUIL ÉTERNEL

OU

REPROCHES A LA MORT.

AUX

MANES DU GENERAL FOY.

———— ⋅✦⋅ ————

Je chante ce guerrier cher à toute la France,
Ce citoyen connu par sa mâle éloquence :
Je chante ses vertus, je chante sa valeur
En de trop faibles vers, mais ils partent du cœur !

Daigne, ma Muse, encor, à mes efforts sourire;
Hélas! je chante Fox! par malheur il expire!

ᴑᴑᴑ ᴑᴑᴑ ᴑᴑᴑ

Mon père, tu n'es plus! permets, sur ton cercueil,
Que j'ose retracer notre effroi, notre deuil;
J'en suis sûr, ta belle âme, hélas! est attendrie,
Car je dépose ici le deuil de la patrie!
Du haut de l'Élysée, accueille mes accens;
Tu le sais, général, ce n'est pas de l'encens...
Un peuple bon et grand, en sa douleur muette,
Baigné de pleurs amers, gémit et te regrette :
Qu'ai-je dit, un seul peuple! ajoutons l'univers!
Toute l'humanité pâlit à ce revers!
Le monde, en apprenant la fin de ta carrière
Semble tout ébranlé de ton heure dernière.

ᴑᴑᴑ ᴑᴑᴑ ᴑᴑᴑ

O mort! cruelle mort! impitoyable mort!
Qu'en ces jours tu nous fais sentir le poids du sort!

Mais en vain, on t'implore, et ta faulx redoutable
Décime froidement l'innocent, le coupable :
Toujours inaccessible à la douce pitié,
Tu repousses les pleurs de la tendre amitié;
Et, ne respectant rien, on t'aperçoit, barbare,
Moissonner à la fois le faible et l'homme rare!

Que ne m'as-tu choisi! j'eusse, reconnaissant,
Pour Foy, marché d'avance en te remerciant;
J'eusse dit à Caron, en passant l'onde noire :
Je me plais avec toi; j'existe dans l'histoire !
J'eusse encore ajouté : si Foy se présentait,
Refuse-le, Caron ; lors on te tromperait;
Dis qu'un de ses soldats, tremblant pour la patrie,
T'a présenté son corps, en dédaignant la vie.
Arrache, s'il le faut, les pages du destin,
Pour t'assurer quel jour devait être ma fin;
Si Foy vient sur ces bords avant ma dernière heure,
Qu'il regagne la France; alors qu'il y demeure;

Car il ne doit jamais, Caron, jamais périr

Qu'à l'heure, hélas, marquée où je devais mourir!

Écoute, je t'en prie, écoute ma prière,

Et rends à sa patrie un citoyen sincère :

Dis qu'une seule fois, Caron, plein de bonté,

A permis que par moi Foy fût représenté;

Repais-toi du bonheur que goûtera le monde,

En apprenant que Foy ne passe pas ton onde ;

Alors, j'ose le dire, il serait immortel,

Si mes vœux s'élevaient jusques à l'Éternel.

****

Tu devines, Caron... à ma dernière aurore

Plus d'un Français, pour Foy, reparaîtrait encore :..

Fléchis... s'il faut payer, j'invoquerai les Dieux ;

Sois sûr qu'un de mes fils paraîtrait en ces lieux ;

Il saurait, comme moi, qu'un aussi grand service

Ne peut être payé d'un léger sacrifice :

Pour la patrie, enfin, ce fils cher et pieux,

En partant pour tes bords sera tout radieux !

Et *l'obole de plus ?*... Caron eût dit : « Je cède ;
» Non, ce n'est pas en vain que ton âme intercède ;
» Laisse vivre ton fils, je compte sur ta foi ;
» Tu me répondras seul de cet illustre Foy. »
J'eusse remercié Caron en son empire,
Tout triomphant enfin de l'avoir vu sourire !...

Mais cette fiction, quoique chère à mon cœur,
Ne saurait exister ; je sens notre malheur !
La mort toujours cruelle, hélas, lorsqu'elle arrive,
Nous indique aussitôt la sombre et triste rive ;
Et ne comptant pour rien, ni regrets, ni soupir,
Se montrant, elle dit : mortel, il faut mourir.

Il ne nous reste plus qu'à te *pleurer*, mon père !
Reçois l'expression d'une douleur amère !
Tu n'es donc plus, ô Foy ! pleurons, pleurons, Français,
Honorons ses vertus, retraçons-nous ses traits.

Je crois le voir encore, au sein de sa famille !

On lui disait de cœur, ici, ta vertu brille.

Jamais à ses amis il ne se refusait,

Et comptait chaque jour par un nouveau bienfait !

N'ayant que des lauriers de ses travaux de guerre,

Il n'en savait pas moins soulager la misère :

Un jour encor de fête, aux champs, à son retour ;

Le plus heureux était qui prouvait plus d'amour !

꧁꧂

Nous ne le verrons plus sur le champ de la gloire !

Nous conduire à l'honneur et fixer la victoire ;

Nous ne le verrons plus, souvent semblable à Mars,

Planter chez l'ennemi nos brillans étendards !

Nous ne l'entendrons plus, terrible autant que calme,

Modestement nous dire : *à vous seuls est la palme !*

Mais s'il le faut un jour, reçois-en notre foi,

Nous saurons vaincre encore en pensant tous à Foy,

Marchant avec ardeur selon ta même audace,

Tout ennemi des Francs restera sur la place.

Oui, quand la douce paix fit cesser les combats,

Tu triomphas alors en de hardis débats ;

Et lorsque tu parus en notre Aréopage ,

On t'aperçut sévère autant que grand et sage ;

A la tribune aussi ! le Français t'admirait ,

Tu défendais les lois.... l'Europe t'écoutait....

Tu servis bien ton Prince ; indiquant bonne route

Au ministre hardi , qui s'égarait sans doute ,

Et tu n'ignorais pas ces grandes vérités :

Les rois, sans leurs flatteurs , seraient tous respectés.

⸻

Mais le temple est ouvert, et ta douce éloquence

N'y brillera jamais non plus que ta prudence.

Nous ne t'entendrons plus , citoyen généreux ,

Défendre un Plébéin ; demander pour nos preux !...

Ils étaient mutilés.... pour chaque cicatrice

Tu réclamais toujours une main bienfaitrice :

Lazcaze, en d'autres temps , ne fut pas plus aimé :

Le *Juste* , comme lui, le monde t'a nommé.

Plaidant pour nos guerriers, tu parlais pour tes frères,
Ajoutant à ton droit les plus douces prières.
Ils t'ont bien entendu ces valeureux guerriers,
Sur ta tombe en pleurant, ils t'offrent leurs lauriers;
Déjà brisés par l'âge et par de grands travaux,
Pour t'embrasser encor ils doubleraient leurs maux,
Ils se traînent ici, tout tremblans s'agenouillent,
Et de sincères pleurs, leurs yeux, leurs yeux se mouillent.

Il me semble encor voir cent mille bons Français
Sangloter sur ta tombe et vanter tes bienfaits,
J'ai vu ton grand respect, *invincible jeunesse*:
En ce jour malheureux, on voyait ta tristesse;
La tête nue alors, tu défiais les vents,
Et ne craignais point l'eau qui tombait par torrens;
On eût dit que les cieux, s'unissant à la terre,
Voulaient aussi donner des pleurs à ce bon père.
Avec orgueil j'ai vu la foule se grossir:
Il semblait que chacun voulût aussi mourir;

Avec orgueil j'ai vu les fils de la patrie
Porter, en gémissant, ton corps froid et sans vie;
Et, ne le confiant qu'à leurs soins généreux,
Je les ai vu marcher, émus, silencieux....
Cette *jeunesse* alors représentait la France;
La France la bénit.... compte sur sa vaillance....

Ainsi que cette École, au temps de nos revers
Étonnant l'ennemi, surprenant l'univers,
Défendant leurs canons, en mordant la poussière,
Devancer tout-à-coup une longue carrière.......
On vous verrait aussi, *mourans, mais indomptés,*
Chanter, au nom des Francs, ce cri : NOS LIBERTÉS!
Oui, de nos libertés réclamez l'héritage,
Le ciel doit protéger un peuple libre et sage.

Ma Muse ne saurait, dans ses trop faibles chants,
Dignement retracer tant de nobles accens;

Et je n'oserai pas, d'un citoyen célèbre,
Mettre en vers le discours qu'il lut au champ funèbre.

* * *

J'ai pleuré comme vous, lorsque reconnaissans,
Vous disiez : Foy, la France *adopte tes enfans*.

* * *

Si j'ai pris un peu tard ma lyre
Pour célébrer l'illustre Foy,
Je l'avoûrai, dans mon délire,
Je disais à la mort : cruelle, rends-le moi!...

FIN.

www.ingramcontent.com/pod-product-compliance
Lightning Source LLC
Chambersburg PA
CBHW061524170626
46811CB00004B/1827